U0932053

跟着愛情走

follow me, my love

阿濃 著

跟着愛情走
作者／阿濃
插畫／棗田
總編輯／黃幗坤
美術設計／劉碧雲
出版發行／突破出版社
香港沙田亞公角山路33號突破青年村
電話：2632 0000　傳真：2632 0388
電郵：breakthrough@breakthrough.org.hk
網址：http://www.breakthrough.org.hk
http://www.btproduct.com
承印／陽光印刷製本廠
2013年2月初版1刷

Follow me, my love.
by A Nong
First Printing, First Edition, February 2013

ISBN 978-988-8073-76-4
Printed in Hong Kong

誠邀閣下就突破出版社的書籍發表意見。
請登上 www.btproduct.com/book，在「讀者回應卡」頁面內填寫。謝謝。

歡迎加入「阿濃 · 突破」Facebook fan page——http://www.facebook.com/anong.breakthrough

本書採用環保油墨印刷

閱讀之味

或坐在巨人的肩膀上，或呷一口書香，讓我們的生活漸次提升，讓眼界更遼闊。

目錄

情詩共賞

談情說愛

為愛吟唱

古典情詩現代戲（仿作）

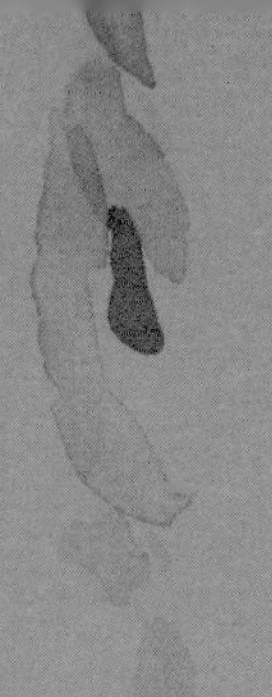

自序　愛情不死

愛情是美麗的，

詩是美麗的，

畫是美麗的，

愛情 X 詩 X 畫 ＝美麗的三次方

愛情沒有過去式，嘗過愛情滋味的滋味永在，見過愛情影像的影像不滅。

愛情不死，人死了愛情還在。

跟着愛情走，路不一定好走，但一定是一條美麗的路。

跟着愛情走，路雖有千條，但每一條路都是美麗的。

跟着愛情走，唱不完的歌，寫不完的詩，畫不完的畫，做不完的夢，愛不止的愛。

跟着愛情走，有了這本書，有了愛情路上的同行者，讓我們一同唱，一同寫，一同畫，一同做夢，一同不止歇的愛。

情詩共賞

follow me, my love

我們相對快二十年了。每年冬天我會狠狠將她修剪……夏日最後的玫瑰去了，明年初夏又將盛開。就讓我輕唱一首《夏日最後的玫瑰》，以淡淡的憂傷，重溫我們不會褪色的友誼。

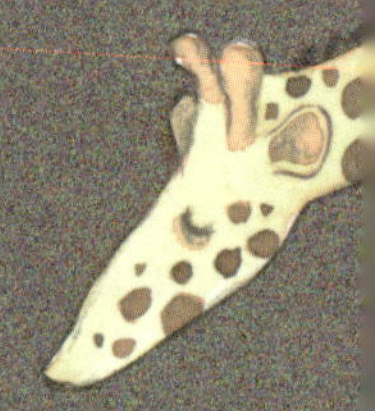

今夜
我的魂到了翠河旁
星月黯淡
河水悄悄流淌
城市已眠
我在找尋一扇關得嚴嚴的窗
一盞整夜不熄的燈
一個深宵不眠的人
露重風冷
一夜徬徨
不見那熟悉的身影
無奈歸去
留下一聲嘆息

男女之愛是一種激情，當男女處於激情中，會說出極甜美、極堅決、極感人的話。

如樂府中的《上邪》（語譯：天啊！）：

上邪！我欲與君相知，長命無絕衰。

山無陵，江水為竭，冬雷震震，夏雨雪，天地合，乃敢與君絕。

說了一大堆不可能的事，包括冬天行雷、夏天下雪，才會跟你斷交。也就是此生矢志不渝了。

明代小曲《挂枝兒》中有一首〈分離〉，也是動人的誓言：

要分離，除非是天做了地；

要分離，除非是東做了西；

要分離，除非是官做了吏。

你要分時分不得我，我要離時離不得你。

就死在黃泉也，做不得分離鬼！

人在熱戀中，無須有很好的文學修養，只要他情夠真，愛夠熱，自然有他感人的表達方式。

下面是一首搞笑的情詩：

我昨晚夢到你了：我們漫步在小河邊，相互依偎着。
你抬頭凝視着我的眼睛，深情地吐出三個字：
汪汪汪！

原來相戀的是兩隻狗，牠們的愛的語言當然是「汪汪汪」，如果是兩隻貓，應該是「妙妙妙！」

如果是兩隻青蛙，就會是「閣閣閣！」我們沒有資格判斷他們不甜美，不堅決，不感人。只要是真的相愛，就同樣動人。

愛的化身

兩情相悅，便有許多愛的想像，成為至情之表述。其中一種是化身為他物，使愛更為美滿。大家熟悉的有白居易《長恨歌》中的「在天願作比翼鳥，在地願為連理枝」。

不為五斗米折腰的陶淵明，為所愛的人卻甘願化身為多種物件，但求能常在伊人身畔。《閑情賦》中他「願在衣而為領」、「願在裳而為帶」、「願在髮而為澤」、「願在眉而為黛」、「願在莞而為席」、「願在絲而為履」、「願在晝而為影」、「願在夜而為燭」、「願在竹而為扇」、「願在木而為桐」，一共十個貼身想像，我覺得最性感的是：

「願在絲而為履（我願是絲，做成鞋子），
附素足以周旋（穿在你赤裸的腳上迴旋）；」

「素足」有兩解，一是皙白的腳，一是赤裸的腳，我喜歡後者。

網上看到一首有趣的情詩，沒有作者名字：

如果有來世，就讓我們做一對小小的老鼠吧
笨笨地相愛，呆呆地過日子
拙拙地依偎，傻傻地一起
即便大雪封山，還可以窩在草堆
緊緊地抱着咬你耳朵

咬耳朵，說悄悄話的意思，老鼠喜歡咬，一語雙關。只要相愛，做甚麼都 OK。

請先讀讀署名「北風」寫的這首情詩：

《一點點便夠》 北風

他說
如果你愛我
只要一點點便夠
像微風輕拂
春雨細潤
心便喜滋滋的
日子便美滋滋的
真的
只要一點點便夠

他說
但你是我此生最後一個戀人
我還需要
保留甚麼？

這首詩分兩節，一長一短，都用「他說」開始。兩節是一個鮮明的比對。這個「他」謙卑地要求對方只需給他一點點的愛，因為他已感到滿足。可見對方在他心中是多麼重要。這一點點的愛已足以使他過開心的日子。

第二節說他自己對她的愛卻是傾其所有無保留的奉獻，因為他已認定她是此生最後一個戀人。話不多，但說得決絕，也就動人。

「微風輕拂，春雨細潤」是「一點點」的具體化，「真的 / 只要一點點便夠」，多說一遍，是一種強調。

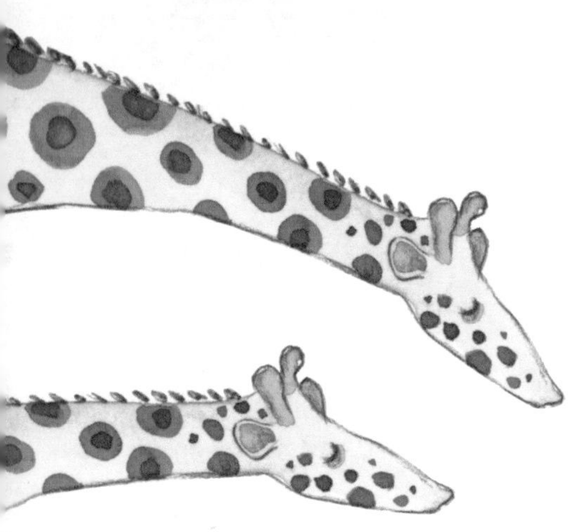

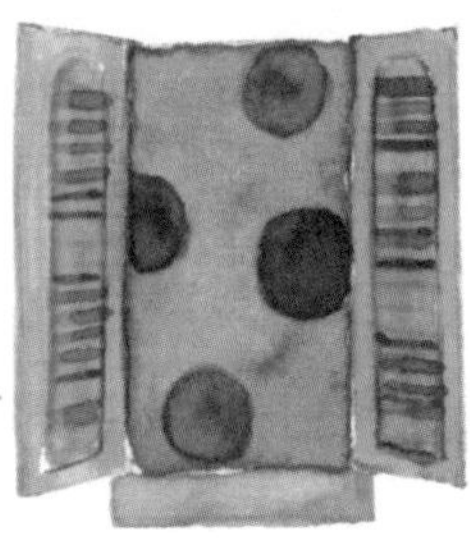
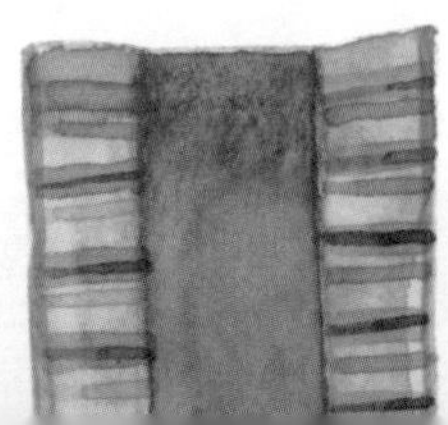

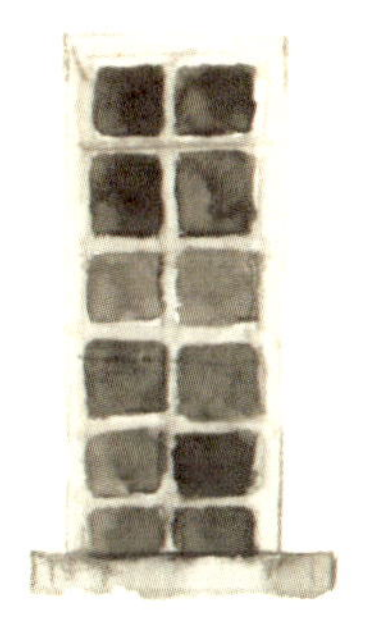

感情猶如天氣，變化難測。最愛你的可以忽變無情，你最愛的可以感覺消失。惟有能長相廝守、白頭到老的真命天子最要珍惜。

汪國真是中國內地的着名詩人，九零年代曾掀起一陣「汪國真熱」。下面這一首我很喜歡：

《不要急於相見》汪國真

不要急於相見
為天空再留一朵潔白的夢幻
潔白的夢幻
雨打芭蕉　淚濕欄杆

不要急於相見
等庭院盛開溫馨的玉蘭
溫馨的玉蘭
舉杯把盞　花好月圓

不要急於相見
既然已分別了很久很久
平安便是夙願
離愁終有盡　相思訴不完

一要欣賞詩人的言不由衷，他說「不要急於相見」，其實是渴望相見，只因現實不許可，他只能這樣騙自己。他的真實處境是「離愁訴不盡」，他的熱切盼望是「離愁終有盡」，在無可奈何之際，只能祝願對方平安。

二要欣賞他把古典詩詞融化在新詩中，自然混成，無扞格之處。是一首含蓄、蘊藉、多情的好詩。

很少人沒經過愛情的失敗，有人是屢敗屢戰，百折不撓；有人失敗過一兩次便一蹶不振，甚至產生不健康心態。

請看下面的一首詩：

《我總是渴望這樣的愛情》 周正旺

一個人　一生總得愛另一個人
以前　我愛我的女友
後來　我愛我的情人
而現在
我甚麼也不愛
我只愛我自己
愛我自己的影子

影子不會背叛
不會背着你
和別的男人摟抱在一起

詩很普通，問題在內容。「我只愛我自己」，將使他再難找到愛他的人。說不定他以前表面上是愛女友，愛情人，實際上他愛的仍是自己。一個人心中有豐盛的愛，不會因愛不被接納就賭氣，不愛別人只愛自己。

我認識一位朋友，他真的愛得很苦，受傷很重。但他把愛轉而獻給有殘缺的兒童，他不但獲得孩子們的愛，還因此得到一個好女孩的垂青。

影子不會背叛，但它無血無肉無心亦無情，不能滿足任何人。

古典詩歌中花與愛情相連的詩不少，我們至少記得：

去年今日此門中，人面桃花相映紅；
人面不知何處去，桃花依舊笑春風。

（唐・崔護《題都城南莊》）

網上讀到一首《又見梅花開》，作者路亞，看來他是看過《題都城南莊》的，不過使他感觸的不是桃花是梅花。

《又見梅花開》 路亞

我長久地站在窗前
任你得寸進尺，
鋪展開一片明媚
把我的眼捆綁
滲透我，灌醉我，在我的痛楚上飄香

我說，多麼曼妙的過程
你一開我就想起去年此時

我說，你
是不是他捎來的

梅花一開她就想起去年此時，兩人在梅花映照下定有一片風光旖旎。今年梅花又開，花香滲透她，薰醉她，但伊人不在，心中煎熬着痛苦。為甚麼花兒一開就打開那回憶之門，想起了他，想起了當時的溫柔，想起了那時的甜、那時的醉？心中升起一個明知不可能的答案：梅花是他帶來的。而且，種在有情人心上了。

大家都知道聞一多是愛國詩人，他在《祈禱》中說：

「請告訴我誰是中國人，
啟示我，如何把記憶抱緊；
請告訴我這民族的偉大，
輕輕的告訴我，不要喧嘩！」

當國家被蹧蹋得不像樣子，他呼喊：

「我來了，我喊一聲，迸着血淚，
『這不是我的中華，不對，不對！』
……
那不是你，那不是我的心愛！
我追問青天，逼迫八面的風，
我問，拳頭擂着大地的赤胸，
總問不出消息；我哭着叫你，
嘔出一顆心來——在我心裡！」（《發現》）

愛國的詩人也會愛情人，愛得同樣熱烈。請看一首相當肉麻的：

《國手》

愛人啊！你是個國手
我們來下一盤棋；
我的目的不是要贏你，
但只求輸給你——
將我的靈和肉
輸得乾乾淨淨！

他寫了一輯《紅豆篇》，共四十二首，當時他在美國，思念新婚的妻子，據說只用了五天寫成獻給她。其十：

我們是一體了！
我們的結合，
至少也和地球一般圓滿。
但你是東半球，我是西半球，
我們又自己放着眼淚，
做成了這蒼莽的太平洋，
隔斷了我們自己。

把太平洋想像由兩人的眼淚造成，誇張又奇妙。其十四：

我把這些詩寄給你了，
這些字你若不全認識，
那也不要緊。
你可以用手指
輕輕摩着他們，
像醫生按着病人的脈，
你許可以試出
他們緊張地跳着，
同你心跳底節奏一般。

膽子還是太小

膽子這件事很奇怪，原來同一個人，有不同的膽量。有一樣職業叫「蛇王」，毒蛇、蟒蛇都敢捉，膽子多大！但是你叫他去演講，可能會怕得說不出話來。敢玩「笨豬跳」的女孩子，由高處一躍而下面不改容，但一隻蟑螂可以使她發出尖叫。

在愛情這件事上，本應男孩子膽子較大，但事實未必如此。民間故事中的梁山伯和祝英台，那祝英台就敢主動示愛。據說如今在愛情上採取主動的女子越來越多，這當然是好事，男女平等象徵之一。

汪國真的《默默的情懷》寫的是在愛情面前表現躲避的一種心情，沒有標示角色是男是女，那患得患失、猶豫躊躇的態度卻是很明顯的：

「總有些這樣的時候
正是為了愛
才悄悄躲開
躲開的是身影
躲不開的 卻是那份
默默的情懷」

結果怎樣呢？「月光下躑躅，睡夢裡徘徊」。「不是不想愛，不是不去愛，怕只怕，愛也是一種傷害。」成功只屬於勇士，膽小的人只能做做遠離現實的夢。而可能遇見傷害，正是愛的代價。害怕的，不願抵受的，只能徘徊在愛情門外。

借電影《紅高粱》(莫言原着、張藝謀導演) 插曲鼓勵一下膽小的朋友：

妹妹你大膽地往前走呀
往前走，莫回呀頭
通天的大路九千九百　九千九百九呀
……
從此後，你搭起那紅繡樓呀，
拋灑着紅繡球呀，
正打中我的頭啊
與你喝一壺呀
紅紅的紅高粱酒呀
妹妹你大膽地往前走呀
往前走，莫回呀頭

白居易的地下情

白居易的時代沒有狗仔隊，但有地下情。

地下情每個時代都有，因為有些愛見光即死，像從前攝影用的菲林，只能在黑房打開。

地下情不能簡單分對錯，少年人的初戀純潔非凡，美麗非凡，莫不由地下情開始。

地下情有兩大類結果，一是轉為地上，光明正大地繼續相愛。一是被揭發後不容於人，被迫中斷。或因環境變遷，愛在地下開始也在地下結束，是一個只有兩人知道的故事。

越是隱蔽的地下情越刻骨銘心，終生不忘。白居易便有這樣的經歷。且看他的《潛別離》：

不得哭，潛別離。不得語，暗相思。兩心之外無人知。深籠夜鎖獨棲鳥，利劍春斷連理枝。河水雖濁有清日，烏頭雖黑有白時。惟有潛離與暗別，彼此甘心無後期。

用四個比喻寫愛的絕望。像深深的籠把鳥兒單獨囚禁在黑暗中，像鋒利的劍硬生生斬斷了連理枝，還不如有朝一日能清的黃河水，也不及終於出現的白頭烏。暗中相愛，悄悄分離，不能違的宿命，抗拒不了的現實，接受一別即成永訣的結果，欲哭無淚，欲語無言。不甘心也得甘心，就讓它成為兩顆心永恆的痛。

千多年前的白居易，官場浮沉的白居易，關心民間疾苦的白居易，在愛情的痛苦感覺上，與近代人並無分別。

意外之喜

香港鄉土文學作家舒巷城以小說馳名，他的詩也寫得好，並且自寫自譯，兩者皆可讀。他有一首《意外》，短短十行，富戲劇性，愛情滋味濃郁：

《意外》

黃昏。我在海邊等你。
美麗的霞光漸漸暗淡……
你沒有來。
我暗暗的嘆息：
去了，這樣的一個可愛的日子！

我要走了。
卻意外地聽到你在叫我的名字。
我回過頭——
啊，你同月亮一樣來遲，
在這樣可愛的一個夜裡！

第一節是失望，沒有焦躁，沒有抱怨，只是嘆息一個本來可愛的日子虛度了。那背景是美麗的，大海，黃昏，晚霞，欠的只是約好的有情人。

第二節峰迴路轉，聽到有人叫自己的名字，多麼好聽的聲音！是她，伴着天邊一輪初升的明月出現。立刻，夜再不平凡。沒有說時間過去，而說「美麗的霞光漸漸暗淡……」。不只是說她遲到，而是說「你同月亮一樣來遲」，這就添加了詩的因素。

夜將如何可愛，作者已無須細說，留給讀者自己想像。

談情說愛

follow me, my love

視子女為情人，你們的讚美和鼓勵是不是多於嘮叨責備？關心他們的生活是不是多過升職加薪？是讓他們對你們放心安心還是老讓他們擔憂和不安？

妹妹你大膽地往前走呀

往前走，莫回呀頭

通天的大路九千九百　九千九百九呀

人人想做情人的日子

情人節，花店大忙。

在中國，情人既是天使也是魔鬼，要看在誰眼中。到了西方，情人昇華，人人得而為情人，以成為眾人眼中的情人為榮。父母是子女的情人，子女更是父母的情人。學生可以向老師獻上情人卡，同學之間也互送情人節祝福。

說到夫婦之間，這天不但是為過去式的情人，還要是現在式的情人。這一天，情人的位置高於一般夫妻，也高於本來的人倫關係。大家不以父母子女兄弟朋友為滿足，還希望是別人心中的情人。

其實一束花一盒巧克力不代表甚麼，是不是情人更要看平日的表現。視父母為情人，你多久打一次電話給他們？雖相隔兩地，有沒有爭取機會前往探訪？你對他們的健康情況有多了解？

他們能不能應付家居勞動？每次造訪有沒有替他們執

拾修補？有沒有陪他們看醫生，陪他們短途旅行？視子女為情人，你們的讚美和鼓勵是不是多於嘮叨責備？關心他們的生活是不是多過升職加薪？是讓他們對你們放心安心還是老讓他們擔憂和不安？

視老師為情人，上課時有沒有集中精神，欣賞他們的講解，佩服他們的學問？有沒有把功課做好，博取他們的喜悅和安慰？

說到夫婦互視為情人，除一般夫妻生活外，你們有沒有互相思念，那怕只是其中一個要上班？有沒有在家裡碰面也給對方一個微笑？有沒有情不自禁來一個擁抱？如果沒有這些，只是供應對方一日三餐，那跟養豬有多大分別？

夏日最後的玫瑰

幫我家剪草的年青人對我說：這是今年最後一次剪草了。我看到窗前一朵純白的玫瑰，我想：她是夏日最後的一朵吧？

這株老玫瑰該超過三十歲了，我搬進來時她已在窗前，我們相對快二十年了。每年冬天我會狠狠將她修剪，她一定感覺疼痛，也以莖上的刺報復，在我手指和手臂上留下點點傷痕。就當是古人所說嚙臂之盟吧，人花之戀？《聊齋》有黃英的故事，《紅樓夢》有黛玉葬花。

我喜歡改編自愛爾蘭民歌的《夏日最後的玫瑰》(The Last Rose of Summer)，哀怨纏綿，也有葬花詩句。

「我把你那芬芳的花瓣，輕輕散佈在花壇上，讓你和親愛的同伴，在那黃土中埋葬。」

林黛玉的《葬花詞》說：「儂今葬花人笑癡，他日葬儂知是誰？」《夏日最後的玫瑰》作者更直言「當那珍貴的友情枯萎，我也願和你同往。」因為「當那忠實的心兒憔悴，當那親愛的人兒死亡，誰還願孤獨地生存，在這淒涼的世上？」

看來作者十分重情，對生死未能看破。花開花謝，人來人往，都是自然規律。夏日最後的玫瑰去了，明年初夏又將盛開。我哀悼友人之逝，就把餘下的日子，恆久的思念於他，他雖逝猶在。就讓我輕唱這首《夏日最後的玫瑰》，以淡淡的憂傷，重溫我們不會褪色的友誼。

牽着你的手

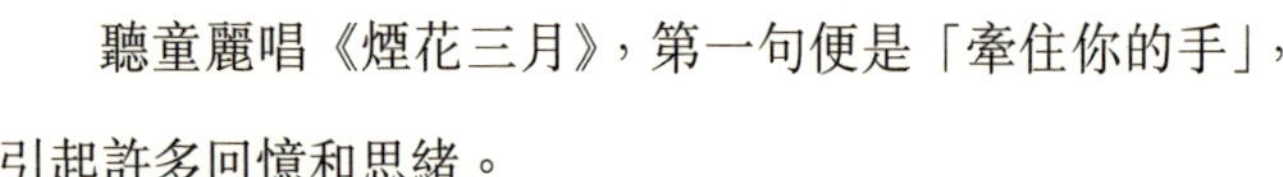

聽童麗唱《煙花三月》，第一句便是「牽住你的手」，引起許多回憶和思緒。

已記不起幼時拖媽媽手的感覺，倒是她年紀大了，我攙着她的手臂過馬路，她眼見車輛穿梭來去，行人匆忙，甚麼時候該舉步有點信心不足。只能完全信賴我，急匆匆的踉蹌地過去。她瘦瘦的手臂在我掌握之中，使我感覺到她的衰弱。

孫女兒牽着我的手同行是最近的事，很小的手與我的大手相握，但不是我帶她而是她帶我，她想去那裡我只能跟着。

當然最難忘是牽着女朋友的手，此生也不止一次，每次都有幸福的感覺。從相識到可以牽手是一個頗艱辛的過程，因為我和我的女朋友們都不是隨便的人，牽手是相愛的一次肯定，從此那關係就非同一般了。

牽手從願望到成為事實可能需要一段時日，在估計牽她的手不會被拒絕之後，還得等待，等待她的情緒，等待一個場合，等待一個時刻，等待一個機會，天時地利人和都配合了，自然地相握了，沒有嚇她一跳，因為她早有預感。你們深情地互相注視，手越握越緊，你是我的，我也是你的。人生幸福的處境開始了。

傳情的眼波

在未知大氣電波的年代，詩人已有「眼波」一詞。很有想像力，想像有人（主要是美人）看你，那眼中的情意會像水波般傳過來。

《古詩十九首》:「盈盈一水間，脈脈不得語。」脈脈，含情相視的樣子。可以想像，有情人雖被銀河相隔，但那份愛卻通過眼波傳過去了。北宋王觀《卜算子》送鮑浩然之浙東:「水是眼波橫，山是眉峰聚，欲問行人去那邊，眉眼盈盈處。」這是掉轉來用眼波來形容水了，同時用眉峰來形容山，都貼切而詩意。

印度詩聖泰戈爾，在他的《園丁集》中，有一段寫眼波:「你從黑暗中投到我身上的、明亮的眼光，像一絲微風，送一陣顫慄透過粼粼的水波，又吹向朦朧的岸邊。」眼波像風，到了河上，又變成粼粼的水波，一路傳過去、傳過去。「你投到我身上的眼光，像黃昏時分的飛鳥，匆忙地穿越沒有燈火的房間，從一個開着的窗子進去，從另一個開着的窗子出來，便消失在黑夜裡了。」

詩人很敏感，感覺到少女的眼波像微風，像飛鳥，從他身上掠過；而他是一個沒有燈火的房間，眼波進去之後隨即離開，大家無所得。幸而詩人還是把這眼波記住，化為精美的文字，讓讀者共同體驗。

現今娛樂界出現「電眼美人」，擁有強力電源，電波亂射，並無特定對象。目的是展開「大屠殺」，希望有最多的人為「流彈」所傷，成為鐵幹粉絲。可是那電波中有情無情，不問可知了。

視子女為情人，你們的讚美和鼓勵是不是多於嘮叨責備？

關心他們的生活是不是多過升職加薪？

是讓他們對你們放心安心還是老讓他們擔憂和不安？

感情生活的三個人

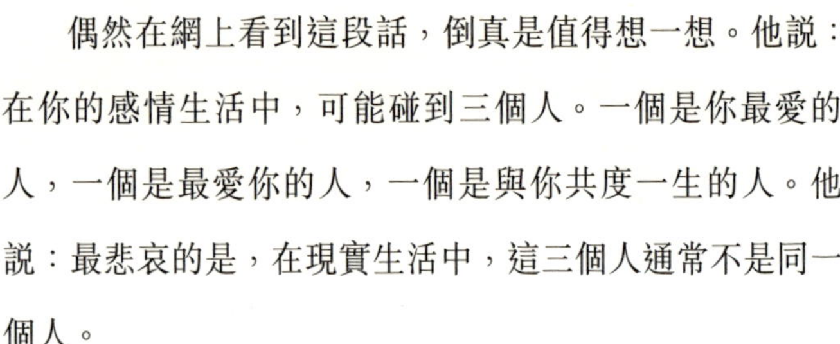

偶然在網上看到這段話，倒真是值得想一想。他説：在你的感情生活中，可能碰到三個人。一個是你最愛的人，一個是最愛你的人，一個是與你共度一生的人。他説：最悲哀的是，在現實生活中，這三個人通常不是同一個人。

你最愛的，往往沒有選擇你。最愛你的，往往不是你最愛的。而最長久的，偏偏不是你最愛也不是最愛你的，只是在最適合的時間出現的那個人。他叫我們想一想：你，是別人生活中的哪一個人呢？

阿濃也請你想一想：你的另一半，屬於你生活中的哪一個人呢？如是你最愛的人，恭喜你，你是幸運兒，此生無憾矣！希望不論生活狀況有多少改變，你仍能維持那份情。如是最愛你的人，更要祝福你，希望那人感情始終不變，你可以享受天之驕子的生活，補償不能與你最愛的人在一起的遺憾。如果兩者都不是，希望你不要嗟怨，至少你們有夫妻之緣，大家努力惜取眼前人，日子也可以過得很舒心。

其實感情猶如天氣，變化難測。最愛你的可以忽變無情，你最愛的可以感覺消失。惟有能長相廝守、白頭到老的真命天子最要珍惜。就讓你最愛的和最愛你的有緣無份的那些人成為美麗的回憶吧。

在一份週報上讀到署名「空因」的雙語詩，充滿哲理和詩情。少不免想認識她更多，網上找到了她的網誌，看到她跟大鬍子愛人的合影，歡喜的知道她與我居住在同一城市。希望他日有緣得見。

今天先介紹她兩首詩，都是致謝的。一首感謝上天。她感謝上天給與她的一切，也感謝上天沒有給她的一切。為甚麼呢？因為這才使她學會珍惜。她感謝上天向她開放的路，也感謝上天朝她關閉的路。因為有開放也有關閉，才使她能步入天堂。她感謝上主總是站在她身邊，也感謝他不輕易露面。也因此她要努力尋找，找到之後就特別歡喜。獲得有獲得的好，不能獲得和很艱難才獲得也同樣好，同樣值得感謝，這種生活哲學是快樂和滿足的。

另一首題目是《我感激》。她首先感激森林，森林雖一言不語，但她聽到它古老的聲音（詩人天賦異秉）。她跟着感激腳下的路，把她帶到這美好的地方。最後她説：

「我感激／路上遇到的每一個你／盡管看似無心／其實我們早已約定／在這裡相遇」

説得多好！使每一個讀者都覺得溫暖。

視父母為情人，你多久打一次電話給他們？雖相隔兩地，有沒有爭取機會前往探訪？你對他們的健康情況有多了解？

瑪麗的男朋友考到獎學金，從香港前往美國名校讀博士。瑪麗二話不說，立即辭工，前往伴讀。

她母親說：「你這份工作得來不易，大公司，薪水高，福利好，『波士』倚重，升級在即，你有沒有想清楚便辭工？」

瑪麗說：「我記得你同學的故事。她去英國準備跟談了十年戀愛的男友結婚，你們一班同學送了一套純銀餐具賀她。一個星期後她獨自回來，約大家喝茶。席間她把銀餐具一人一隻退回。她說到了英國才知道男友已與人同居，那女子還大着肚皮。這就是分居兩地的結果。」

她又對母親說，一個女同學的男友往夏威夷讀書，三個月後已經在臉書上看到他跟一個女子的親吻鏡頭。

她還有一個例子，女同事結婚三年，生了一個可愛的女兒。她丈夫出差上海，半年後向她自承有婚外情，已經跟大陸一個女子上了牀。他說他自覺很對不起太太和女兒，願意把房子和積蓄都歸她們所有，協議離婚。

她說從前男女分居兩地，喜歡用秦觀《鵲橋仙》中的兩句來互相安慰和勉勵：「兩情若是久長時，又豈在朝朝暮暮。」秦觀沒有說錯，他說「若」是久長時，這是先決條件。現代人觀念開放，道德觀薄弱，一遇引誘便把持不住。獨身男女苦讀異鄉難免寂寞，雖有電子通訊，畢竟是水月鏡花，可望不可即，讓人犯錯的機會實在太多，她不想考驗男友的貞節觀，只好選擇做「跟得」未婚妻了。

偶然也會看看娛樂版，近日分手的愛侶頗多，幸而雙方都能理智處理，可以再見亦是朋友。

在戀愛自由的時代，分手包括在自由之內。往往分手是雙方都開心的決定，像當年同意結合一樣歡喜。因為雙方都「甩難」了，不用再互相折磨。如果沒有小孩的話，還真要為他們慶賀。

可惜分手不一定是兩相情願，如果有一方情根深種，矢志不渝，被迫「斷纜」後就會鬱鬱終生，甚至自尋短見。在過去來說，負心的多是男人，因為他們遇上引誘的機會較大，所受的社會壓力較輕。今天連負心也男女平等了。

更有些男子，自命風流，根本沒把誓言和承諾當一回事。當婚姻註冊官問他願意不願意時，眼睛已瞟向比新娘更美豔風騷的伴娘。

清朝詩人王屋有一首五言古詩《子夜歌》:

妾身妾自惜，君心君自知。

莫將後日情，不如初見時。

(語譯：我會愛護我的名節，遵守我的諾言。你的心有多愛我，有多忠誠，只有你自己知道。你別被我說中，他日你見異思遷，還記得今天的恩愛嗎？)

不知是女方見過的例子太多，還是她知道這個男人一向心花，所以來一句「君心君自知」: 我不信你的花言巧語，你自己知道你是個甚麼樣的人。「不如初見時」是已有心理準備的了，誰叫我如此愛你，將來的事將來再算吧。

為愛吟唱

follow me, my love

感謝上天向她開放的路，也感謝上天朝她關閉的路。因為有開放也有關閉，才使她能步入天堂。感謝上主總是站在她身邊，也感謝祂不輕易露面。因為要努力尋找，找到後就特別歡喜。

You'll look sweet
Upon the seat
Of a bicycle built for two!

你是

你是我五十年不遇的棋手

你是我千杯不醉的酒客

你我劍來劍往五百回合

難分勝負

談禪論道

三個晝夜不知疲倦

我是嫵媚男子

你是女中丈夫

氣質一半相近一半互補

你我心靈相通如孿生兄弟

事事默契像師出同門

百萬分一的機會讓我們相遇

大海裡果然撈到了金針

如今像陰陽黑白相合

組成一個奇妙完美的太極圖

只因

為甚麼清晨的露珠裡閃着你的眼

為甚麼黃昏的霞光中映着你的腮

為甚麼玫瑰花瓣上我看到你的唇

為甚麼簷間風鈴響着你的笑聲

只因

心中有你

為甚麼雨天不再沉悶

為甚麼雪不再冷

為甚麼夜不再長

夢再不嫌多

只因

心中有你

無題

今夜

我的魂到了翠河旁

星月黯淡

河水悄悄流淌

城市已眠

我在找尋一扇關得嚴嚴的窗

一盞整夜不熄的燈

一個深宵不眠的人

露重風冷

一夜徬徨

不見那熟悉的身影

無奈歸去

留下一聲歎息

靈魂

不知從哪一天開始

我們蛻殼

成赤裸的靈魂

相愛

再無過去的包袱

亦無歷史的印記

我們的軀體沒有年輪

星星沒有爬上我們的頭髮

我們沒有將來

現在就是永恆

我們沒有美醜

無懈可擊的真身

我們隨時合二為一

是男是女是流徙的精靈

愛哭愛笑愛擁抱愛接吻

地老天荒

靈魂與愛同存

天時地利人和都配合了，自然地相握了，

沒有嚇她一跳，因為她早有預感。你們深情地互相注視，

手越握越緊，你是我的，我也是你的。人生幸福的處境開始了。

夏日最後的玫瑰

當楓葉稍露羞紅

作為最後的愛的使者

你出現在我窗前

以素顏

向我道別

你的同伴

在此曾有一番熱鬧

她們瓣瓣離去

帶給我別情片片

你是否故意遲來

想獨得我的憐惜

天氣漸涼

深宵尤甚

真不忍你風露獨守

等待我黎明一顧

且讓我給你一吻

送你

再見明年秋初

仙影牆的故事（童話詩）

那一年我獨自去旅行
來到一個江南古鎮
不像那人頭湧湧的周莊
這裡有我喜歡的寧靜

鎮旁有一個廢棄的碼頭
擱淺着兩艘破船
碼頭邊有一間茶店
這時刻我是唯一的顧客

店主人為我泡一壺龍井
再加一小碟茴香豆
幾塊五香豆腐乾
使我想起孔乙己和魯迅

店主人無事可做

坐在條凳上抽煙

我說老板呀老板

你的生意是不是有點清閒

老板在旱煙桿上連抽幾口

「沒法子呀同志，

這裡沒有名人住過，

也沒有像樣的房子，

公路開不到這裡，

水路也不像從前。

年青人都去了城市打工，

剩下老人家看守家園。」

我說即使最平凡的鄉村

也有些故事流傳

把它們加鹽加醋

就能吸引遊客

反正我們都有空

能不能告訴我幾個？

老板清一清喉嚨

為自己沖了清茶一壺

「這碼頭曾有一番熱鬧
是運河經過的埠頭
運貨載人的木船
上游下游都到。

「曾經有一對男女
十分十分相愛
瞞着反對的家人
相約從這裡私奔。
你知道在那個年代
需要很大的勇氣。

「女的按約定日期
獨自來到這裡
不見愛人出現
在碼頭等了一天
她怕家人追來
徬徬徨徨擠上了船。

「誰知天氣急變

狂風來得突然

河上白浪滔滔

船在河心打轉

終於整艘沉沒

不見有人生還

死者撈起不少

當然數目不全。

家人前來認領

不見少女出現。

「直到兩日之後

來了那個少年

跪在碼頭路旁

一哭就是三天

據說母親急病

使他因此遲延。

「十年後少年重來

已是一個富裕青年

他頂了一間茶店

總是鬱鬱寡歡

每天一早一晚

走去牆邊獨站。」

老板用煙桿指一指遠處石牆

「那是少女等他的地方。」

「那麼你這間茶店

他曾經做過老板？」

老板深深點頭

摸索着再裝一斗新煙

「這青年一站就是三年

鎮上人都已看慣

下雪他變成雪人

下雨他從不打傘。

直到一個夏天
天邊起了烏雲
墨黑墨黑墨黑
伴着隱隱雷聲
就像快馬奔馳
轉眼來到這邊
猛的電光一閃
炸雷震得人心顫

牆邊倒臥着那老板
已經靈魂上天
有人説煙火中有一女子
跟他攜手飛昇
他們都是好人
所以一同成仙。」

我呷了一口冷茶

苦澀到我舌尖

「你相信嗎老板？」

老板笑而不言

他放下手上煙桿

帶我去看奇事一件

我們去到牆邊

他叫我自己看看

我的眼睛瞪大

因為我無法相信

石地上有一對腳印

深二分長七寸

牆上有一個人影

分明正伸手向前

「是那場雷電留下
全鎮人都是見證
大家稱之為仙影
不時有戀人來悼念。」

我輕輕撫摩那影子

似乎還感到灼熱

尤其在那

正正心臟的部位

我把腳放進那腳印

忽然感到一陣心疼

因為我這時想起

深深虧欠的那個人

金婚（童詩）

今天是老公公和老婆婆的金婚紀念日

甚麼叫金婚？

金婚就是結了婚五十年

五十年有多長？

就是一棵小樹長成一棵很大的大樹

就是一個嬰孩長成一個伯伯和嬸嬸

就是你們年齡的四倍或五倍

就是放了五十個暑假

過了五十個新年

老公公老婆婆的兒孫都不在身邊

似乎都忘記了這重要的一天

如果不是他們當年結婚

怎會有兄弟姐妹孫兒孫女一大串

居然一個電話也沒有打來

沒有禮物沒有祝福也沒有心肝

老人家為自己安排了節目

這晚上有一頓豐富的晚飯

就在那家歷史悠久的餐廳

當年他們常在此談心

胖胖的部長已經退休

瘦瘦的兒子做了老闆

西冷牛扒依然馳名

十元一客賣到百元

老公公一早就送上玫瑰一打

老婆婆回他一個甜吻

今天的早餐特別豐富

還配上名貴的通花餐巾

自家磨的咖啡香味薰人

荷包蛋像太陽帶着笑臉

早餐後公園做晨操

伸手踢腳又扭腰

太陽底下出了一身汗

今天的感覺特別好

並肩坐在長凳上

四目交投齊微笑

「五十年像一眨眼
時間過得太快了！」
「酸甜苦辣都嘗過
經歷的風浪也不少。」
一陣感動來心中
情不自禁相擁抱

「我們三十歲相識
可惜相逢不夠早！」
「老婆你可真貪心
半個多世紀還嫌少！」
「我們錯過了兩小無猜
那天真無邪的歲月
又錯過了少年情懷
像詩一般美麗。」

公公走去小食亭

帶回棒冰一根

輕輕除去紙套

放進婆婆嘴裡

婆婆吮了一下

輪到公公去嘗

這樣吮來吮去

果然味道極好

「童年時代最愛

就是果汁棒冰

今天我倆共嘗

兩小無猜滋味。」

兩人挽手同行

到了園外空地

兩個少年學生

正在學騎單車

公公開口相借

就在這裡騎一會

公公前面用力踏

婆婆攬腰坐後面

微風輕吹白頭髮

臉上表情好陶醉

「You'll look sweet

Upon the seat

Of a bicycle built for two !

親愛的，少年情懷

詩一般美麗！」

婆婆埋頭公公的背

只有兩人聽得到：

「小伙子呀，謝謝你！」

神醫的故事（童話詩）

人們稱我爺爺是神醫

人們稱我父親是神醫

人們也稱我是神醫

我們三代治病救人

走遍大江南北河東河西

幾十年的經歷

見過許多奇難雜症

幾千里的跋涉

承受多少風霜雨雪

在數不盡的病人中

我最記得兩個

就讓我在今天

說說他們的故事

那年我來到一個美麗的村莊
綠樹環繞，小河歡唱
生活富足，魚米之鄉
病人不多，老少都健康

全村有一個遺憾
為的是一對年青戀人
男的天生聾啞
女的雙目失明
曾看過許多醫生
無法改善他們的處境

他們愛得辛苦

他們愛得認真

男的有滿心的話

不知如何表達

女的想看看他

只能在黑暗中摸索

男的送女的玫瑰

預先把刺剪掉

讓她輕觸柔軟的花瓣

聞那淡淡的清香

女的織了長長的頸巾

親自圍在他脖上

他們一愛三年

卻不能生活在一起

家人怕兩個殘疾人

無法養活自己

遇到甚麼意外

很難互相救助

村人對我的醫術

只存一線希望

我說我會盡力

但願出現奇蹟

我用祖傳的神針

對準相關的穴位

刺激沉睡的神經

呼喚他們甦醒

經過百日的努力

終於有了成績

男的聽到了聲音

要我教他一句話

做了一輪手勢

讓我懂得了他

他喃喃自己練習

説得清楚明白

女的看到了影像

由模糊變得清晰

她用手絹綁上眼睛

拒絕再看任何事物

女兒家心事難猜，

且由她好好休息

慶祝的日子來到

村公所門前搭起戲台

小伙子打鑼打鼓

迎來全村老小

鞭炮一響時辰到

啞小子站在台中央

眾姐妹扶出了盲小妹

讓兩人手拉手兒站一起

司儀一聲喊肅靜

只剩小鳥叫吱吱

司儀又再有宣布：

「有請啞小子説話。」

全場聽得很清楚：

實牙實齒：「我！愛！你！」

大眾歡呼又鼓掌

小妹解開綁眼的帕

迎着刺眼的第一道光

仔細端詳有情郎

輕拈綁眼的手絹兒

抹掉他臉上淚兩行

哭的不止他一個

許許多多加上醫生我

字

Facebook 蛛網遍織

新知舊雨五湖四海

電郵短訊排隊而來

這個說：「好掛住你！」

那個說：「Miss you day and night ！」

這個說：「有興趣睇齣戲麼？」

那個說：「週末想約你行街。」

這個說新買了 iPhone，

讓我看，她鏡頭前多麼作怪

那個說長靴到了新貨

難得這幾天八折優待

大小屏幕上一片熱鬧

日子是充實還是無聊？

好掛住你！

You'll look sweet
upon the seat of
a bicycle built for two

Miss You day and night!

問她們看過莫言沒有

哪裡能買到《生死疲勞》？

她們說莫言太醜，

諒他的作品不會有甚麼情調

要看倒不如看韓寒

漂亮的男孩一手車辣得不得了！

今天無端收到書信一封
不是廣告不是賬單不是錯寄
上面清清楚楚有我的名字
是班上最清秀的男孩
來信回答我一個問題
那天我只是隨口相詢
想不到他會記在心裡

久違了一封手寫的信
字裡行間筆情墨意
世上居然還有九十後
能寫出一手王羲之
「人之相與俯仰一世」
這侏儸紀動物落落寡合
不由得開始讓我惦記

鴛鴦

媽媽有一隻二十三年的樟木箱

是她當年的嫁妝

樟木箱外面雕刻著故事

是多情的織女和牛郎

箱蓋每次打開

就聞到陳年的樟木香

箱子裡滿是綾羅綢緞

一件件媽媽的嫁衣裳

最底下有一對枕套

千針萬針繡出青草池塘

清清的水上有美麗的一對

我叫牠鴨鴨媽說是鴛鴦

她說鴛鴦是恩愛的水鳥

出雙入對愛侶永遠在身旁

我跟那楞小子拍拖三年

經歷不少甜蜜時光

可是他脾氣執拗

只要他認為有理就寸步不讓

我也不是甚麼溫柔少女

蠻起來跟他半斤八兩

譬如説我愛喝奶茶

他偏説咖啡更香

每次我們各喝各的

從來沒想過認同對方

那天我們在餐廳為小事爭吵

你一句我一句舌箭唇槍

我説他從來只知有己

無意去了解我心中所想

哪怕試一試奶茶滋味

聽一聽我喜歡的崑腔

他不懂良辰美景奈何天

也懶理賞心樂事誰家院

還在我面前跳甚麼騎馬舞

扭來扭去看得我眼冤

我左一句右一句打得他無法招架

氣結的他想反駁卻又無言

他忽然搶過我的杯子

把我的奶茶倒進他的咖啡裡面

骨嘟嘟喝了一口

噢一聲說有了新的發現

「這混合劑有咖啡的濃郁

又有奶茶的香甜

不信你也試一口

這創造可以賣錢」

我嗤一聲笑他見識短少

此飲品流行香港多年

請伙計來一杯茶啡兩溝

讓這傻小子試個新鮮

伙計說你不知道它的名字？

我說只是一時忘記

他說這茶最適合男女朋友

因為是兩者互相融和

我忽然記起媽媽的枕頭

高聲說它叫「鴛鴦」

伙計嘻開嘴說：「中！」

「拍拖中人特別會聯想！」

我瞅瞅眼前這傻不楞登的小子

很懷疑真能跟他配成雙

只怕我們結交是「冤」結果是「殃」！

古典情詩現代戲（仿作）

follow me, m

天時地利人和都配合了，自然地相握了，沒有嚇她一跳，因為她早有預感。你們深情地互相注視，手越握越緊，你是我的，我也是你的。人生幸福的處境開始了。

月兒已繞過屋脊，夜已深，是尋夢的時候了，今宵能否見你？

靚女羅芙（仿《陌上桑》）

一到晚上
大牌檔生意暢旺
火苗紅紅
鑊刀㕭㕭響
靚女羅芙
盈盈走遍全場
馬尾翹翹
耳環跳跳蕩蕩
不施脂粉
水靈靈的眼睛閃亮
吃麵的只顧看她
打瀉了整碟辣醬
「隊啤」的只顧看她
半瓶子倒在地上
開跑車少年前來消夜
百萬座駕停在路旁
「嗨，靚女賞不賞面？

收工後跟我去蒲。」

「靚仔，你好有型，

可惜我已是人家老婆。」

「你老公何方神聖？

得你靚女鍾情？」

「(炒蜆一碟，生蠔半打！)

普通男人一個，

樣子還算四正。

辛苦打份牛工，

未至於手停口停。

(豪哥慢行，多謝幫襯！)

愛我愛到發燒，

當我是心肝錠。」

「愛你就要錫你，

得閒就要陪你，

睇你幾咁辛苦，

我話佢係呃你！」

「(清蒸石斑，油菜一碟)

我哋同撈同煲，

我哋雙劍合璧。

佢係牌檔後鑊，

等佢得閒

介紹你哋相識。」

少年斜眼望去

火光映照下

一根粗壯手臂

把大大的鐵鍋

掀上掀下

耍得像孩子玩具

附錄

《陌上桑》—— 漢樂府民歌

日出東南隅，照我秦氏樓。秦氏有好女，自名為羅敷。羅敷善蠶桑，
採桑城南隅。青絲為籠繫，桂枝為籠鉤。頭上倭墮髻，耳中明月珠。
緗綺為下裙，紫綺為上襦。行者見羅敷，下擔捋髭鬚。少年見羅敷，
脱帽着帩頭。耕者忘其犁，鋤者忘其鋤。來歸相怨怒，但坐觀羅敷。
使君從南來，五馬立踟躕。使君遣吏往，
問是誰家姝。秦氏有好女，自名為羅敷。
羅敷年幾何？二十尚不足，十五頗有餘。
使君謝羅敷，寧可共載不？
羅敷前置辭：使君一何愚！使君自有婦，羅敷自有夫。
東方千餘騎，夫婿居上頭。何用識夫婿？
白馬從驪駒，青絲繫馬尾，黃金絡馬頭，腰中鹿盧劍，可值千萬餘。
十五府小史，二十朝大夫，三十侍中郎，四十專城居。
為人潔白晳，鬑鬑頗有鬚，盈盈公府步，冉冉府中趨。
坐中數千人，皆言夫婿殊。

這幾天的月色都很美麗，無可避免地睹月思人，唐朝詩人張九齡在《望月懷遠》中經歷了你我和千百年後他/她的月夜情懷：

海上生明月，天涯共此時。
情人怨遙夜，竟夕起相思。
滅燭憐光滿，披衣覺露滋。
不堪盈手贈，還寢夢佳期。

親愛的，你也在月色下嗎？此時千萬對眸子送上對遠方情人的思念，其中有我也有你的一對。情意脈脈地上傳，欣欣然接下。目光也映照在海裡，波濤因愛而暈眩了。夜似乎太長了，思念實在很苦。可我反對把夜縮短，我嫌苦得還不夠。世上有人讓你思念，已經是很大的幸福。

燭淚流乾了，悄然熄滅，剩下滿室清光，人好像在水中了。寒露漸濃，找件衣服披上，想像你玉臂生寒，多想為你加衣或把你擁入懷中。一縷柔情不知如何送上，合掌掬滿手如水銀光，溶情其中，振臂灑向天際。月兒已繞過屋脊，夜已深，是尋夢的時候了，今宵能否見你？

愛你也可以（仿《上邪》）

愛你也可以
先要看到你
愛你父母
愛你鄰居
愛你朋友
愛你社區
愛大自然
愛護真理

愛你也可以
先要看到你
無自私心
奉獻自己
胸襟寬廣
不會妒忌
生活簡樸
常懷歡喜

愛你也可以

先要看到你

不大男人

尊重女子

平等博愛

無分彼此

虛懷若谷

下問不恥

愛你也可以

先要看到你

忘記容貌

忘記年紀

忘記家世

忘記過去

忘記財富

忘記榮譽

讓赤裸裸的我

愛赤裸裸的你

附錄

《樂府・上邪》

上邪！我欲與君相知，長命無絕衰。山無陵，江水為竭，冬雷震震夏雨雪，天地合，乃敢與君絕。

四十二VS二十四——衣不如新，人不如故（仿《古艷歌》）

他的老婆四十二

他的情人二十四

他的老婆髮早白

他的情人一頭青絲

他的老婆腰圍粗

他的情人蠻腰細

他的老婆埋怨多

他的情人話如蜜

他的老婆樣樣省

他的情人名牌迷

他的老婆做得一手好菜

九大簋也不吃力

他的情人嘴最刁

最愛就是吃魚翅

他的老婆不嫌他老

他的情人憎死他的大肚皮

附錄

《古艷歌》

煢煢白兔
東走西顧
衣不如新
人不如故

天氣預告——聞君有兩意，故來相決絕（仿《白頭吟》）

你的臉已作出天氣報告

二人世界的節氣正隨歲月運行

從寒露到霜降

經小雪到大雪

小寒大寒就在前方

我是亞熱帶生物

懼怕寒冷遷地為良

早知道你是多情種子

誓言相愛只是一時糊塗

宇宙間海枯石爛並不罕見

這時代天長地久早不在乎

我知道你對自己的變心並不慚愧

別人的專一卻使你不解和惱怒

去吧，寶貝！

感謝你曾給我快樂的日子

我的回報是還你充分自由

附錄

《白頭吟》 卓文君

皚如山上雪，皎若雲間月。聞君有兩意，故來相決絕。

今日斗酒會，明日溝水頭。躞蹀御溝上，溝水東西流。

淒淒復淒淒，嫁娶不需啼。願得一心人，白頭不相離。

竹竿何嫋嫋，魚尾何簁簁！男兒重意氣，何用錢刀為！

你說當你不在——昔日戲言身後意，今朝都到眼前來（仿《遣悲懷》）

你說當你不在
再無需油鹽醬醋
也不用薑蔥蒜韭
如今我一日三餐
茶餐廳伙計侍候
跟你一同買的八磅白米
爬出來幾十隻穀牛

你說當你不在
沒有人催我上牀
總是晝夜不分
生活吊兒郎當
今天起牀一看
太陽已在西方

你説當你不在

髒衣服肯定成堆

牛仔褲一穿整月

臭襪子無人理會

今天我光顧了洗衣店

大包小包來去共走三回

你説當你不在

沒人催促我打電話給媽

沒人提醒我到老人院看爸

我只顧對着電腦

沒念及他們牽掛

我的確是個不孝子

想起來真是該打

你說當你不在

就會有賣弄風騷的半老徐娘

頭腦簡單的十三點女孩

約我喝茶、上門煲湯

你說你不會吃醋

緣分到時何妨再作新郎

只有這一點你完全看錯

曾經滄海難為水

除卻巫山不是雲

比起你的蕙質蘭心

其他只不過庸脂俗粉

家裡除了雌貓咪咪

從來沒有留下來過夜的女性

附錄

《遣悲懷》其二　　元稹

昔日戲言身後意，今朝都到眼前來。
衣裳已施行看盡，針線猶存未忍開。
尚思舊情憐婢僕，也曾因夢送錢財。
誠知此恨人人有，貧賤夫妻百事哀。

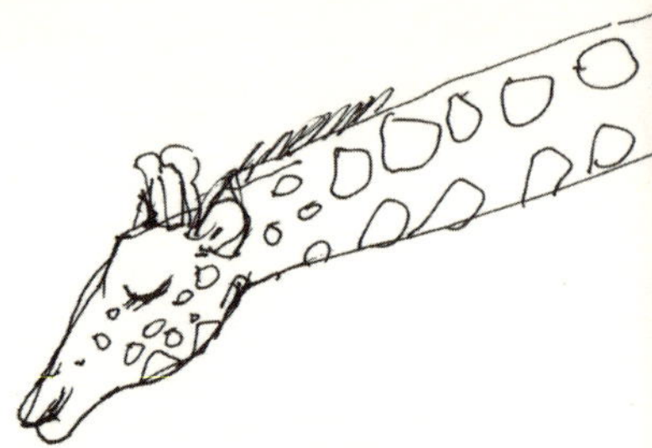

You'll look sweet
Upon the seat
Of a bicycle built for two!